2백년 전
악녀일기가
발견되다

2백년 전 악녀일기가 발견되다

(원제 : Slaaf Kindje Slaaf)

돌프 페르로엔 지음 | 이옥용 옮김
초판 인쇄일 2009년 5월 20일 | 3쇄 발행일 2010년 8월 11일
펴낸이 조기룡 | 펴낸곳 도서출판 내인생의책 | 등록번호 제10-2315호
주소 서울시 마포구 합정동 433-28 2층 (우) 121-887
전화 (02)335-0449 | 편집 (02)335-0445 팩스 (02)335-6932
Email bookinmylife@naver.com
홈 카페 http://cafe.naver.com/thebookinmylife
편집 정소연, 김지연 | 디자인 DESIGN U° NA | 일러스트 이윤미

ISBN 978-89-91813-29-8 03890

* 책값은 뒤표지에 있습니다.
* 잘못된 책은 구입처에서 바꾸어 드립니다.

「이 도서의 국립중앙도서관 출판시도서목록(CIP)은 e-CIP 홈페이지(http://www.nl.go.kr/ecip)에서 이용하실 수 있습니다.(CIP제어번호: CIP2009001508)」

2백년 전 악녀일기가 발견되다

돌프 페르로엔 지음
이옥용 옮김

내인생의책

차례

나라서 너무 행복해!

난 너희들과 다르게 태어났어.

난 달라. 그래서 행복해!

《2백년 전 악녀일기가 발견되다》를 추천하며

흰색. 모든 색깔들을 오염시킨 단 하나의 색깔. 모든 인종들을 유색인종으로 만든, 색깔 없는 색깔.

돌프 페르로엔의 《2백년 전 악녀일기가 발견되다》는 새까만 인종주의 시대에 대한 백색 증언이며, 노예제의 폭력과 위선, 광기에 대한 해맑은 고백이다.

천진난만한 소녀 마리아와 그녀를 한없이 사랑하는 부모, 다정한 친척과 이웃들. 그토록 순박한 이들이 흑인 노예들을 물건처럼 거래하고, 짐승처럼 채찍질을 하며, 장난감처럼 갖고 노는 걸 보는 건 참으로 괴로운 일이다. 특히 주인공 아이의 맑고 순수한 오염을 읽는 것은 여간 불편한 일이 아니다.

그러나 오늘날에도 노예제와 인종주의의 온갖 변형태들이 우리 옆에 있어 우리 맘이 불편하다. 사람이 사람을 소유하고 거래하는 시대. '살아있는 인간'을 쟁반에 담아 사랑하는 딸의 생일선물로 주는 시대. '세상에! 말도 안 돼!' '이런 야만인들!' 하지만 우리는 정말 그렇게 경악해도 좋을 만큼 노예제와 인종주의에서 멀리 떠나왔을까.

신문을 펼쳐보고 인터넷 포털에 들어가 보라. 얼마나 많은 기획사와 구단들이 살아 있는 인간의 몸값을 흥정하고 있는지. 얼마나 많은 이들이 여전히 신체 일부를 사고파는지. 피부색이 다른 얼마나 많은 이들이 저임금과 폭력, 단속추방에 쫓기고 있는지. 단지 세

련된 허영심 때문에, 단지 돈에 대한 욕심에서, 우리는 우리가 새로운 노예제, 새로운 인종주의 시대에 살고 있음을 인정하고 싶지 않은 건 아닌가. 다른 피부색에 대해 미간을 찌푸리고 혐오감을 감추지 못하는 저 순수한 아이들은 어른들 맘 속 인종주의의 천진난만한 외양이 아닐까.

《2백년 전 악녀일기가 발견되다》는 아름다운 해피엔딩을 기대하는 사람들에게는 꽤나 불편한 책이 될 것이다. 이 책은 자기 시대의 도덕을 가장 충실히 따르는 착한 사람들, 우리가 그토록 지켜주고 싶은 순박한 아이들이 저지른 사심 없는 악행에 관한 이야기다. 돌아 보면, 역사는 항상 한 시대의 천사들이 다른 시대에 악마라고 불렸다는 점을 말해주었다. 역사는 천사의 이야기만 말하고 듣는 사람들에게, 악마가 천사의 이름을 하고 있었음을 말해주었다.

착하게 사는 일은 정말이지 너무나, 너무나 쉬운 일이다. 그저 모두의 생각을 따르고, 자기 시대가 옳다고 믿는 것에 충실하면 그만이다. 남들이 고개를 돌리는 일, 당신도 불편함을 느끼는 그 일, 거기서 고개를 돌리면 그만이다. 그러나 단 한 가지 확실한 것은 우리를 불편하게 만드는 것, 우리를 고통스럽게 하는 것들만이 우리를 사유하게 하며, 우리를 우리 시대의 허영과 어리석음, 그리고 끔찍한 악행에서 구원해준다는 사실이다.

-고병권 〈연구공간 수유+너머〉

저자의 말

1976년, 나의 동료 작가인 미프 디에끄만은 수리남(남아메리카 북동부에 있는 국가)에 함께 가자고 제안했다. 난 거절했다. 열대 지방은 별로 가고 싶지 않았기 때문이다. 그녀는 이렇게 말했다.

"열대 지방을 둘러보면 세상을 보는 안목이 달라질 거예요. 그러지 말고 같이 가요!"

난 고개를 저었다.

그녀는 다소 누그러진 목소리로 말했다.

"선생님 생각이 맞을지도 몰라요. 청소년 · 어린이책을 쓰는 작가는 자기 집 대문 바로 앞에서 세상이 끝난다고 믿어야 되겠지요."

얼마 뒤 나는 그녀와 함께 수리남으로 갔다.

수리남은 네덜란드의 식민지였다. 수리남에서는 수리남 어 외에 네덜란드 어도 사용한다.

그래서 의사소통을 하는 데 어려움은 없었다.

그곳에 도착한 다음 날 아침, 나는 제일 먼저 시장에 갔다. 규모가 큰 그 시장은 지붕이 덮여 있었다. 시장에 있는 사람들은 모두 흑인이었다. 흑인이 아닌 사람은 나 하나뿐이었다. 상인들은 상냥했고 친절했다. 하지만 난 마치 그곳에 불쑥 침입한 사람 같은 기분이 들었다. 피부색이 검은 사람이 백인들만 있는 곳에 처음 있게 되면, 어떤 기분이 들지 조금은 알 것 같았다. 생전 처음 느끼는 감정이었다.

수리남을 처음 방문하면서 난 수리남을 상당 부분 알게 되었다. 수리남의 수도인 파라마리보뿐만 아니라 오지도 알게 되었다. 그곳에 가려면 작은 돛단배를 타고 가야 한다.

보트가 도착할 경우 언제나 북으로 미리 알린다. 그곳으로 가는 동안 보트 안에서는 원시림 마을에서 사용되는 북을 여러 개 두드린다.

가장 흥미로웠던 것은 마리엔부르흐였다. 마리엔부르흐는 과거에 수백 명의 노예가 일을 했던 농장이다. 농장에서 사용되었던 기계는 모두 그대로 있었다. 난 그 농장에 대한 책을 쓰고 싶었다. 하지만 농장을 몇 번이고 가 보아도 머릿속에서는 이야기가 만들어지지 않았다.

나는 수리남을 또 한 차례 방문했다. 이번에는 완전히 다른 목적이 있었다. 난 그곳에서 낭독회를 갖고, 한 동료 작가와 함께 책을 쓰기 위해 수리남의 다양한 중·단편 소설과 시를 접해 볼 참이었다.

그 일을 하면서 나는 수리남 인들과 그들의 역사를 알게 되었다. 나는 그들의 과거에 대해 들었다. 나는 노예들에 대한 책을 읽기 시작했다. 노예들의 이야기, 그리고 노예 상인들과 노예 소유자들의 이야기를. 가장 잔혹한 노예 소유자들이 유대인 가족이었다는 사실이, 어릴 때 2차 대전을 경험한 내게는 큰 충격으로 다가왔다. 희생자들이 돌연 범죄자로 변한 것이다. 난 그런 것이 좀처럼 이해가 되지 않았다.

나와 동료들은 수리남에서 많은 친구를 사귀었다. 우리가 그곳을 떠나기 전, 파티가 많이 열렸다. 거의 모든 사람들이 우리에게 어떤 식으로든 송별회를 마련해 주고 싶어 했기 때문이다. 좋은 대접을 받고 편하게 느껴졌기 때문에, 난 그곳에 머물고 싶은 생각도 들었다. 그런데 어느 날 그들 중 한 명이 내게 이런 말을 했다.

"그렇지 않아요. 선생님은 우리의 친구가 절대로 되지 못하실 거예요. 우리는 노예의 후손이고, 선생님은 노예 상인의 후예니까요."

나는 그 말이 곧바로 이해되지 않았다. 나는 항변했다. 우리 집안에는 노예를 소유한 사람도 없었고, 노예를 사고 판 적도 없었다고 말이다. 사람들은 그 말을 듣자 어깨를 조금 움찔해 보였다. 그들 말이 옳았다.

한참 뒤에 나는 점차 깨닫게 되었다. 누구나 거대한 역사의 아주 작은 부분이라는 사실을. 나는 하얀 피부 때문에 피부색이 검은 사람들에게는 잘못을 저지른 사람이 된다. 맞는 말이다. 나는 노예무역으로 큰 덕을 봐 잘 살게 된 나라에서 살고 있는 것이다.

몇 년 전 나는 가나에 초대를 받았다. 나는 그곳에서 살고 있는 네덜란드 어린이들과 그 부모들에게 내 작품에 대해 이런저런 이야기를 들려주기로 되어 있었다.

나는 네덜란드 대사관 정원에서 낭독회를 가졌다. 정원엔 동화 속처럼 신비하고 아름다운 조명이 켜져 있었다. 그다음 날, 어떤 사람이 내게 엘 미나를 보여 주었다. 그것은 작은 성채였다.

그 성채는 바닷가에 있었다. 식민지의 총독을 위해 지은 그 커다란 건물엔 화려한 방이 많았고 지하실도 있었다. 당시 그곳에서는 노예 상인들에게 잡혀온 사람들이 갇혀 있었다. 수백 명의 사람이 지하실에 빽빽이 들어차 있는 바람에 그들 중 많은 수가 죽었다. 그리고 어느 날 배가 왔다. 노예들은 매를 맞으며 갑판으로 내몰렸다. 그들은 수리남과 아메리카 대륙으로 이송되었다. 그리고 그곳 시장에서 팔렸다.

내게 성채를 보여 준 사람은 그런 일이 거의 500년 동안 계속되었다고 했다. 그는 그에 관련된 책을 한 번 써 보지 않겠냐고 물었다.

"안 쓸 겁니다. 전 그런 책 못 씁니다."

내가 말했다.

어느 날, 40개의 짤막한 에피소드로 된 책 한 권이 내 수중에 들어오기 전까지는 난 노예에 대한 책을 쓸 엄두가 안 났다. 난 에피소드로 이루어진 책의 형식에 매료되었다. 어느 날 아침 난 책상에 앉았다. 그리고 마리아의 이야기가 태어났다.

그 이야기에 나오는 사람들은 모두 내가 꾸며 낸 인물들이다. 하지만 이야기에 나오는 일들은 모두 실제로 일어난 것들이다.

수리남에서.

이제 나는 똑똑히 안다. 역사란 우리가 잊지 않고 기억해야만 한다는 것을. 역사는 우리가 어디에서 왔는지, 그리고 우리가 어디로 가고 있는지를 가르쳐 준다.

돌프 페르로엔

Dolf Verroen

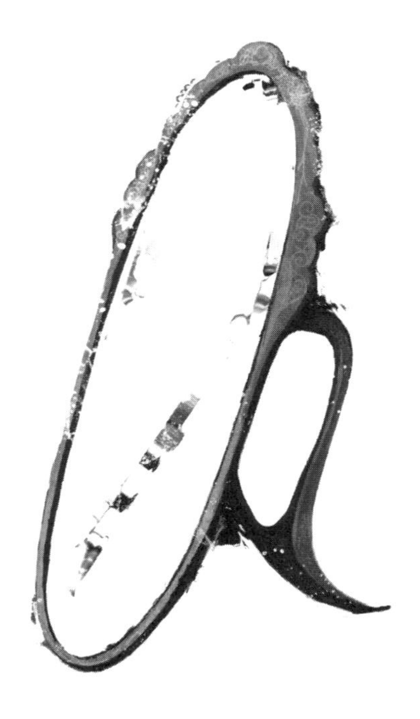

1. 난 다 컸다

오늘 난 열네 살이 된다.

아빠가 말했다.

"올해로 넌 성년이 된 거야.

열네 살이면

다 큰 거니까."

엄마는 내 머리를 땋아 주면서

리본까지 달아 주었다.

난 하얀 장갑과 새 원피스를 받았다.

원피스는 파란색이고, 작은 구슬로 자수가 놓여

있다.

새 신발도 생겼다.

하얀색 에나멜가죽 구두인데 굽도 있다.

그 구두를 신으면 키가 커 보인다.

원피스는 예쁘다.

하지만 난 아직 가슴이 없다.

여자애라면 가슴이 있어야 한다.

난 코르셋을 좀 위쪽으로 밀어 올렸다.

하지만 엄마는 그렇게 하지 못하게 한다.

코르셋은 몸에 딱 맞아야 하는 거야.

디자인이 그렇게 되어 있잖니.

작아 보이잖아, 내가 말했다.

엄마는 고개를 절레절레 흔들었다.

마리아, 넌 다 컸단다.

거울을 봐!

하지만 난 그렇게 하기 싫다.

어쨌든 지금은 싫다.

2. 생일 파티

엄마는 내게 목걸이를 선물했다.

자그마한 진주가 반짝반짝 빛났다.

진주 목걸이는 나한테 잘 어울린다.

아빠는 아직 선물을 안 줬다.

조금만 기다리렴, 아빠가 말했다.

난 몹시 궁금했다.

어떤 선물일까.

하여튼 좋다.

노예들은 춤도 추고 노래도 불렀다.

난 문득 알게 되었다.

노예들이 얼마나 검은지,

그리고 내가 얼마나 하얀지.

3. 선물

할아버지와 할머니는 나이가 많다.
두 분은 오랫동안 파티에 앉아 있을 수 없다.
그래서 두 분은 늦게 오셨다.
할아버지와 여자 노예가
할머니가 마차에서 내리시는 것을 도와줬다.

두 분은 내게 금으로 된 걸쇠가 있는
성경을 선물했다.
아미 아줌마는 향수를 줬다.
엘리사베트 아줌마는 아무것도 안 줬다.
엘리사베트 아줌마가 말했다.
예쁜아, 아직 비밀이야!
아빠 선물이랑 같이 쓰는 거란다.

난 너무너무 궁금했다.

하지만 금방 잊어 버렸다.

에르다 아줌마가 핸드백을 선물했기 때문이다.

숙녀용 핸드백인데 아주 크다.

어딜 가든 언제나 들고 다닐 거다.

4. 깜짝선물

파티는 점점 더 무르익었다.

노예들은 샴페인을 식탁에 올려놓았다.

내게도 잔을 주었다.

술잔을 받기는 처음이다!

아빠는 축배의 말을 했다.

마리아를 위하여! 라고 말이다.

축배의 말을 들은 것도 이번이 처음이었다.

모두 나를 바라보았다.

어른이 된 듯한 기분이 들었다.

특히 아빠가 한 팔을 내게 내밀었을 때 그랬다.

우리는 팔짱을 끼고 식당으로 걸어갔다.

우리 집 식당은 넓다.

아빠랑 내가 제일 먼저 갔다.

식탁엔 음식이 차려져 있었다.

아주 멋졌다.

촛불이 유리잔에 비쳤다.

접시는 황금으로 만든 것처럼 빛이 났고

사방에서 꽃향기가 났다.

아빠는 내 의자를 잡아주었고

나는 거기 다소곳이 앉았다.

먹을 게 많이 나왔다.

적어도 일곱 코스는 되는 것 같았다.

다 맛있었다.

모두들 행복해했다.

할아버지 얼굴도 환하게 빛났다.

할아버지는 심지어 가끔씩 소리 내어 웃기도

하셨다.

아빠는 생일축하 연설을 했다.

이제는 내가 다 자랐고,

또 내가 얼마나 사랑스럽고 부지런한지 모르겠다고

했다.

아빠는 또 내가 자랑스러운 딸이라고 덧붙였다.

아빠의 말이 끝나자, 식탁에 있던 꽃이 치워졌다.

노예 네 명이 뚜껑이 있는 쟁반을 식탁 위에 올려놓았다.

우리 집에서 가장 큰 쟁반이었다.

전부 은으로 된 무거운 쟁반이었다.

노예들은 쟁반을 식탁 한가운데에 놓았다.

아빠는 힘이 세다.

아빠는 쟁반 뚜껑을 손수 열었다.

한 작은 게 보였다.

쟁반 안에서 몸을 잔뜩 쪼그린 채 앉아 있었다.

그게 몸을 일으켰다.

무릎까지 오는 꼭 끼는 재킷에

엉덩이와 앞쪽을 가리는 천을 두르고 있었다.

남자인지 여자인지 모르겠다.

자세히 볼 수가 없었다.

꼬꼬란다, 아빠가 말했다.

우리 마리아에게 주는 어린 노예지.

엘리사베트 아줌마가 준 선물은 작은 채찍이었다.

채찍은 내 핸드백에 넣기에는 좀 컸다.

아쉽다.

5. 꼬꼬

난 꼬꼬가 생겨서 기분이 좋았다.
전에는 나만의 노예가 없었다.
아침이면 꼬꼬는 모든 것을 준비해 놓았다.
내 손을 닦는 수건,
내 얼굴을 닦는 수건,
내 발을 닦는 수건,
내 엉덩이를 닦는 수건,
그리고 은으로 된 내 빗과 브러시를.
꼬꼬는 어느 것이든 가지런히 정돈했다.
아침을 먹을 때 꼬꼬는 내 의자 옆에 서 있었다.
꼬꼬는 내게 모든 것을 건네주었다.
난 그저 손가락으로 가리키면 된다.
그러면 즉시 그렇게 되었다.

이틀이 지나자, 꼬꼬는 나에 대해 모르는 게 없었다.

더는 설명할 필요가 없었다.

하지만 꼬꼬는 재미 없었다.

꼬꼬는 절대 웃지 않는다.

꼬꼬는 언제나 앞만 바라보고 있었다.

할아버지랑 똑같다.

할아버지의 눈빛은 엄격하다.

하지만 꼬꼬의 눈빛은 멍하다.

세상에 있지도 않은 어떤 것을 쳐다보고 있는

듯하다.

그런 게 영 맘에 걸렸다.

그런 모습에 무지 화가 났다!

넌 뭘 보는 거니?

꼬꼬는 대답이 없었다.

난 화가 치밀어 올랐다.

하마터면 꼬꼬를 때릴 뻔했다.

6. 참 이상하다

꼬꼬, 넌 어디서 태어났니?

몰라요.

어디서 왔어?

시장에서 왔어요, 아가씨.

너네 아빠는 어디 있니?

몰라요.

엄마는?

몰라요.

꼬꼬는 아는 게 없다.

멍청이, 돌대가리, 바보!

7. 아줌마들이 오시는 날

엄마는 아줌마들이 오면

무척 좋아한다.

나도 그렇다.

아줌마들이 오면 모든 게 달라진다.

아줌마들은 매주 한 번 온다.

언제나 수요일에 온다.

내 새 원피스는 이제 새 옷이 아니다.

세 번이나 입었기 때문이다.

아직도 가슴이 나오지 않았다.

아미 아줌마가 말했다.

그 녀석은 귀여워.

네 피부색과 정말 잘 어울리는구나.

난 그런 말이 듣기 싫다.

내 피부는 노르스름하다.

아주 안 예쁜 노란색.

꼬꼬는 내 의자 뒤에 서 있었다.

엄마가 꼬꼬에게 말했다.

똑바로 서 있어.

넌 등이 휘지 않았잖아.

꼬꼬, 그런 것쯤은 알아야지.

아무리 못 해도 아홉 살은 먹었을 것 아냐.

아미 아줌마가 끼어들었다.

맞아.

마리아, 훈련 잘 시켜라.

노예들한테 자유를 너무 많이 주면,

나중에 후회한다.

엘리사베트 아줌마도 나섰다.

그래, 옳은 말이야.

잊지 마라.

노예들은 아프리카에서 왔다는 사실을.

왠지 그 말은 아득히 먼, 어떤 곳을 뜻하는 듯했다.

난 어딘가 멀리 달아나고 싶었다.

이곳과 완전히 다른 어떤 곳으로.

하지만 아프리카는 아니다.

아프리카는 노예들이 사는 곳이다.

8. 어릿광대

거실에는 그림이 하나 걸려 있다.
어릿광대 그림이다.
어릿광대는 코가 빨갛고
입은 크고 하얗다.
웃옷은 체크무늬고
머리엔 끝이 뾰족한 모자를 쓰고 있다.
갑자기 어떤 생각이 떠올랐다.
난 꼬꼬에게
한 다리로 서서
춤추는 법과
익살맞은 표정을
가르쳐 줄 것이다.
또 우는 척하는 법도 가르쳐 줄 것이다.

꼬꼬가 어릿광대짓을 하면 아줌마들이 좋아할

거다!

그런데, 난 아줌마들한테 그 얘기를 할 수 없었다.

에르다 아줌마는 화가 엄청 나 있었다.

아줌마의 노예가 케이크 한 조각을 바닥에

떨어뜨렸기 때문이다.

노예는 잔뜩 겁에 질린 얼굴로 부엌으로 가더니

다시 나오지 않았다.

이걸 그냥!

에르다 아줌마가 씩씩거렸다.

엄마는 이런 야단법석을 오래 끌 생각이 없었다.

꼬꼬, 싹싹 핥아 먹어.

당장!

아줌마들은 정말 놀라운 재치라고 했다.

에르다 아줌마도 자신이 화가 났었다는

사실을 까맣게 잊어 버렸다.

꼬꼬는 바닥에 앉았다.

그리고 몸을 구부리고 핥아먹었다.

개 같아! 아미 아줌마가 날카로운 목소리로 말했다.

오후는 금방 지나갔다.

9. 꿈

내 침대는 정말 멋지다.

침대에는 차양도 있다.

푹신하고 포근하다.

침대에 있으면 언제나 편안하다.

난 언제나 내 미래에 대해 생각한다.

내 모습이 어떨까,

가슴은 어떻게 바뀔까, 하고 말이다.

내 가슴도 엄마처럼 되면 좋겠다.

엄마는 무척이나 당당하다.

엄마 가슴은 멋지다.

자꾸만 엄마 가슴에 눈길이 간다.

오늘 아침은 너무나도 조용했다.

집에 아무도 없는 것처럼.

난 먼 훗날을 머릿속에 그려보았다.

아주 멋진 어떤 것에 대해서 말이다.

하지만 그게 무엇인지는 몰랐다.

문이 열릴 때까지 그랬다.

문이 쾅 닫혀 버리자,

꿈은 순식간에 사라졌다.

침대는 이제 푹신푹신하지 않았다.

편안하지도 않았다.

난 일어나 앉았다.

베개며 쿠션이 방바닥으로 굴러 떨어졌다.

꼬꼬가 방안에 서 있었다.

꼬꼬는 새까매서,

얼굴색이 창백해지지 않았다.

그렇게 될 수가 없다.

하지만 꼬꼬는 부들부들 떨었다.

꼬꼬는 내가 얼마나 화가 났는지 잘 알았다.

침대 옆에 채찍이 없었다.

만일 거기 있었다면 꼬꼬에게 휘둘렀을 것이다.

감히 내 꿈을 빼앗아가다니!

꺼져!

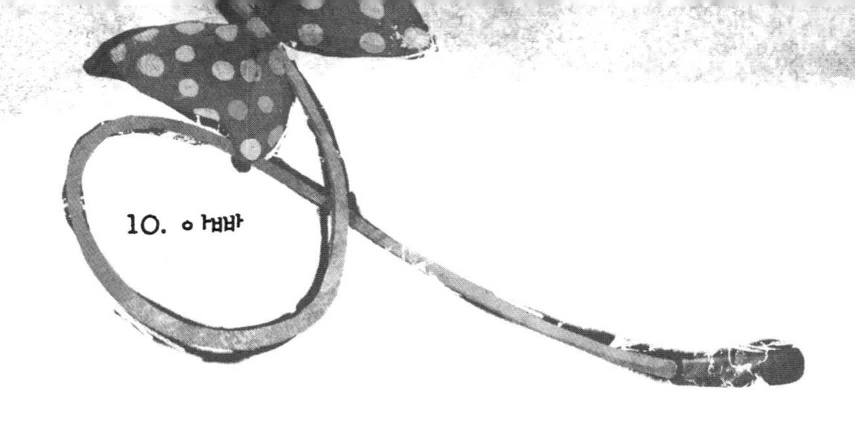

10. 아빠

아빠는 여자 노예를 새로 샀다.

오늘 아빠는 그 노예를 집으로 데려왔다.

노예는 굉장히 젊고

아주 아름답고

무척이나 조용했다.

하지만 엄마는 조용히 있지 않았다.

엄마는 고래고래 소리를 질러댔다.

엄마는 무지 화난 얼굴로 아빠를 쏘아봤다.

아빠는 아무 말도 하지 않았다.

아빠는 쓱 몸을 돌렸다.

나는 아빠가 새로 사온 노예를 어떻게 쳐다보는지

보았다.

뭐라고 표현해야 할지 모르겠다.

그건 충격이었다.

아빠는 그 노예를 밖으로 데려갔다.

그 노예가 머물 작은집으로.

엄마는 흐느꼈다.

난 귀를 막았다.

하지만 울음소리는 들렸다.

꼬꼬가 내게 다가왔다.

꼬꼬는 의아한 표정으로 나를 바라봤다.

난 꼬꼬의 따귀를 한 대 갈겼다.

난 2층 내 방으로 뛰어갔다.

난 아무것도 듣고 싶지 않았다.

11. 엄마

엄마는 계속 운다.
엄마는 소리를 내지 않고 운다.
눈물이 엄마 얼굴에 흐른다.
눈물자국으로 얼굴이 얼룩진다.
난 두 팔로 엄마를 안아 주어야 했다.
아빠는 엄마를 달래지 않는다.
아빠는 위로 같은 건 못 한다.
불쌍하고 불쌍한 엄마.
엄마는 나를 밀쳐낸다.
더러운 노예 계집들 같으니!
엄마는 그렇게 욕하고는 계속 수를 놓는다.
바늘이 위아래로 오르락내리락한다.
올라갔다, 내려갔다,

올라갔다, 내려갔다.

엄마는 눈물로 수를 놓는다.

수놓은 헝겊엔 집이 여러 채 있다.

모두 눈물로 된 집이다.

하늘도 잔뜩 찡그리고 있다.

불쌍하고 불쌍한 엄마.

마리아, 똑바로 앉아!

여자애들한테 나쁜 자세만큼 안 좋은 건 없단다.

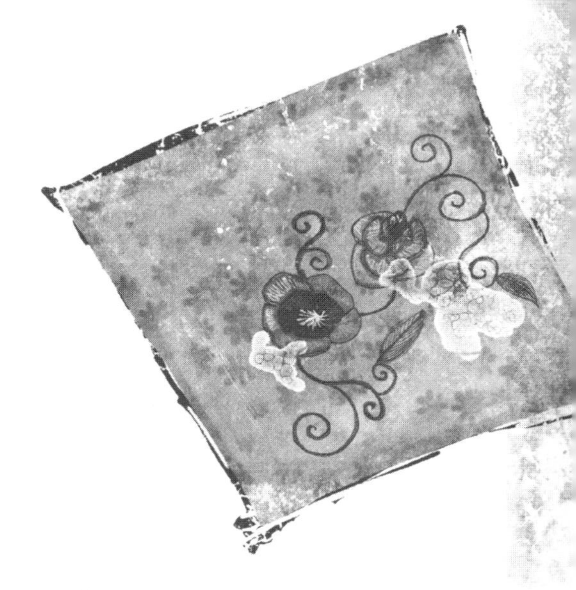

12. 이다음에

이다음에, 엄마가 말한다.

이 말은 내가 어른이 되었을 때를 뜻하지 않는다.

엄마가 말하는 이다음은

내가 결혼하면이라는 뜻이다.

나는 루까스랑 결혼하고 싶다.

루까스는 에르다 아줌마의 아들이다.

루까스는 키가 크고 재밌다.

루까스를 보면 가슴이 막 설렌다.

루까스는 손이 크고, 눈은 마음속을 꿰뚫어볼 것 같다.

루까스는 짓궂다.

루까스는 장난으로 나를 놀린다.

그래도 기분 나쁜 말은 안 한다.

난 루까스가 놀리는 게 싫지 않다.

루까스랑 있으면 심심하지 않다.

루까스가 나이가 많아서 참 속상하다.

하지만 엄마는 그게 좋단다.

남자는 나이가 있어야 해.

왜 그런지 모르겠다.

루까스는 언제나 날 웃긴다.

거의 언제나 내 흰 이가 드러나게 한다.

13. 밖으로 나가다

아침나절엔 따뜻했다.

너무 더워 밖으로 나가기가 그랬다.

그런데도 정원으로 나갔다.

생일에 받은 핸드백을 들고서.

난 대가 아주 긴 양산이 있다.

꼬꼬가 양산을 든다.

꼬꼬는 양산을 우아하게 받쳐 들었다.

꼬꼬의 걸음걸이가 꼭 여자애 같아졌다.

빨리 못 걸어! 빨리 걸어!

꼬꼬!

꼬꼬는 다시 보통 때처럼 걸었다.

우리는 너무 멀리 가지는 않았다.

별장 있는 곳까지만 갔다.

난 그곳에 앉았다.

노예들이 무슨 소리를 내나, 귀를 기울였다.

노예들은 일을 할 때 노래를 불렀다.

단조로운 노래를.

지루하기 짝이 없다.

꼬꼬, 양산!

오늘 오후엔 아줌마들이 온다.

14. 기발한 생각

에르다 아줌마는 케이크를 한 조각 먹었다.

아미 아줌마는 비스킷 한 개를 먹었다.

그리고 엘리사베트 아줌마는 차를 마셨다.

엄마는 손님들 상에 빠진 음식이 없는지 신경을 썼다.

난 아무것도 먹지 않았다.

별로 먹고 싶지 않았다.

난 아줌마들을 바라보았다.

손도 보고

가슴도 보았다.

에르다 아줌마 가슴이 제일 컸다.

아줌마 가슴엔 커다란 공 두 개가 붙어 있는 것 같다.

그렇게는 되고 싶지 않다.

엘리사베트 아줌마의 가슴이 제일 작다.

있는 것 같지도 않다.
난 아직도 가슴이 없다.
가끔씩은 걱정이 되기도 한다.
가슴이 안 생길까 봐 두렵다.
엄마가 말했다.
꼬꼬, 그렇게 거기 서 있지 마!
엘리사베트 아줌마가 찻잔을 내려놓으며 말했다.
마리아, 재 좀 잘 지켜봐야지.
저렇게 어린 남자 노예는 마리아한테 쓸모가 없어.
엄마가 말했다.
남자니까 딸한테 남자 노예를 데려다 줬지.
다시 엘리사베트 아줌마가 말했다.
여자애들한테는 여자 노예가 있어야 돼.
마사지도 해 주고
머리 손질도 해 주고
옷가지도 정리해 주게.
엄마가 말했다.
하지만 마리아는 꼬꼬가 있잖아.

엘리사베트 아줌마가 말했다.
그럼 그 애를 팔아 버려.

그건 처음 듣는 말이었다.
난 그런 생각을 미처 하지 못했다.
정말 기발한 생각이다.

15. 할아버지가 아프시다

할아버지가 뇌졸중이 걸렸다.

그러니까 할아버지는 머리를 한 대 얻어맞은 게

아니다.

할아버지 머릿속을 뭔가가 한 대 꽝 때린 것이다.

할아버지의 상태는 심각하다.

이제 할아버지는 걷지 못하신다.

말도 못 하시고

손수 식사도 못 하신다.

노예가 할아버지께 밥을 먹여 드린다.

이것저것 신경 써야 할 일이 엄청 많아졌다.

그런 것들은 다 아빠 몫이다.

아빠는 오늘 떠난다.

언제 돌아올지 아빠도 모른다.

노예들이 트렁크들을 마차에 실었다.

아빠는 노예 세 명을 데려간다.
그 노예들이 아빠의 시중을 들 것이다.
아빠는 새로 데려온 여자 노예를 데려가지 않는다.
엄마는 갑작스러운 상황에 쩔쩔 맨다.
엄마는 할아버지를 무척 사랑한다.
하지만 엄마는 단호한 표정을 지을 뿐이다.

매일 전보 보낼 거죠?
엄마가 아빠한테 물었다.
아빠는 그러겠다고 약속했다.
그러고는 내게로 왔다.
아빠는 내 이마에 뽀뽀를 했다.
내가 엄마를 잘 돌봐드려야 한다고
아빠가 말했다.
난 마차 있는 데까지 아빠랑 같이 갔다.
엄마는 마차 옆에 서 있었다.

아빠가 마차에 올랐다.

마차가 떠났다.

아빠가 손을 흔들었다.

길은 무척이나 건조해 먼지가 자옥하게 일었다.

이제 마차가 보이지 않았다.

마차는 먼지 구름 속으로 사라져 버렸다.

16. 엄마

엄마는 이제 우리 집안의 총 책임자다.

그건 누구나 아는 사실이다.

엄마는 날마다 나간다.

커피 농장으로 가서

감독한다.

엄마는 모두가 열심히 일하는지

농장 일이 잘 돌아가는지 지켜본다.

오늘 아침엔 엄마랑 함께 나가봤다.

농장 감독관이 우리에게 고개를 숙여

인사했다.

감독관은 잔뜩 겁에 질린 모습이었다.

내가 무서운 게 아니다.

엄마가 무서운 것이다.

노예들은 커피를 땄다.

대부분은 옆도 살피지 않고 묵묵히 일만 했다.

하지만 몇 명은 일어나

고개를 숙여 인사를 했다.

그러자 엄마가 외쳤다.

일해, 우리 농장엔 게으름뱅이는 필요 없어.

감독관은 여주인이 익숙하지 않았다.

감독관은 어떻게 말을 해야 할지 몰랐다.

감독관은 초조한 듯 가죽 채찍을 꽉

움켜잡았다.

말을 안 들으면 때려요. 알아들었어요?

엄마가 말했다.

별장 근처

정원과 농장 사이에

돌로 만든 작은집이 있다.

그 집에 아빠의 여자 노예가 산다.

엄마는 고개를 빳빳하게 든 채 그 앞을 지나갔다.

그 집이 거기에 없다는 듯이.

17. 아빠의 전보

아빠가 집을 비운 지 벌써 한 달이 넘었다.

아빠는 매일 전보를 보낸다.

할아버지가 차도가 없다고 한다.

할아버지를 위해 할 수 있는 일이 없단다.

할아버지는 돌아가실 거다.

하지만 언제 돌아가실지는 아무도 모른다.

그래도 아빠는 일에서 눈을 떼지 않았다.

그리고 할머니도 보살핀다.

우리 가족과 노예들은 날마다 한 시간씩 기도를 드린다.

그래도 소용없다.

할아버지는 날이 갈수록 병이 깊어진다고

아빠가 전보에 썼다.

하지만 할아버지가 곧 돌아가시는 건 아니라고 했다.

18. 아름다운 얼굴

아빠가 새로 데려 온 노예는 일을 하지 않는다.
고것은 손가락 하나 까딱하지 않아, 엄마가 말했다.
그 노예는 농장이 마치 자기 것이라도 되는 듯 둘러
본다.
때때로 부엌에 오기도 한다.
그러고는 먹을 것을 달라고 한다.
찬장에서 직접 꺼내 먹을 때도 있다.
오늘 오후에 엄마와 나는 창 밖을 내다보는데,
그 노예가 우리 집으로 오고 있었다.
뒷문으로 말이다.
엄마와 나는 그 노예를 기다렸다.
다시 한 번 그 노예가 얼마나 아름다운지 확인할 수
있었다.

니가 여기에 왜 있지?

노예는 아무 대답도 하지 않았다.

그렇게 건방지게 쳐다보지 마!

엄마가 불같이 화를 냈다.

엄마가 그렇게 빨리 움직이는 모습은 처음 봤다.

엄마는 몸을 숙였다가

신발 한 짝을 벗어

노예의 얼굴을 때렸다.

하이힐의 굽이 노예의 뺨 속에 쑥 박혔다.

피가 흘렀다.

노예가 비명을 질렀다.

엄마가 노예를 계단 밑으로 홱 밀어젖혔다.

흐뭇한 얼굴로 엄마가 말했다.

어쨌거나 저게 이젠 예쁘지 않게 되었구나.

19. 아줌마들의 이야기

아줌마들은 무척이나 신나했다.

너무 웃어서 눈물이 나오는 모양이었다.

사필귀정이지, 아미 아줌마가 앙칼진 목소리로 말했다.

다 제 탓이지, 엘리사베트 아줌마가 말했다.

웃느라 아줌마의 가슴이 출렁거렸다.

난 아빠가 생각났다.

아빠는 어떻게 생각할까?

분명히 아줌마들처럼 기뻐하지는 않을 거다.

에르다 아줌마가 말했다.

우리 집에 마리아한테 딱 맞는 어린 노예가 있어.

고분고분하고 말을 잘 듣는

순종적인 계집애야.

마사지도 잘 하지!

하지만 그 애가 이제 나한테는 필요 없거든.

마리아한테 안성맞춤일 텐데.

마리아 엄마도 갖고 싶을 거야.

엄마는 대꾸를 하지 않았다.

잠시 뒤 엄마가 물었다.

젊어?

열여덟 살 쯤 먹었을걸.

하지만 예쁘지는 않아.

조금 얽은 자국이 있고 뚱뚱해.

아줌마들이 깔깔 웃었다.

하지만 엄마는 웃지 않았다.

내가 말했다.

저 그 노예 필요 없어요.

꼬꼬만 있으면 돼요.

에르다 아줌마가 말했다.

그 계집애는 화장품에 대해선 모르는 게 없어.

손수 자기가 만들기도 하지.

그게 네 얼굴에 뭔가를 문질러 주면,

피부가 황금처럼 윤이 날 거야.

마리아, 정말 너한테 딱이야.

엘리사베트 아줌마가 한 마디 거들었다.

너네 아빠 노예한테도 딱일걸.

엄마는 웃었다.

하지만 좋아서 웃는 웃음이 아니었다.

20. 정말 맛있다

오늘 우리는 저녁식사를 하다가
무시무시한 비명을 들었다.
그 소리는 밖에서 났다.
우리 시중을 들던 노예가 부르르 떨었다.
무슨 일이야? 엄마가 물었다.
어떤 노예가 도망갔어요.
이웃사람이 그 노예를 잡아
데리고 왔어요.
지금 채찍으로 스무 대나 맞고 있어요.
엄마는 어깨를 움찔했다.

자업자득이지, 엄마가 말했다.
비명은 멈추지 않았다.

우리는 후식을 먹었다.

맛있었다.

엄마도 맛있다고 했다.

난 조금 더 먹고 싶었다.

여자 노예는 땀을 삐질삐질 흘리고 있었다.

더는 못 듣겠어, 노예가 혼잣말을 했다.

분위기가 잠깐 서늘했다.

엄마는 불쾌해했다.

하지만 더는 별 말을 하지 않았다.

21. 아빠가 온다고 한다

열흘쯤 있으면 아빠가 집으로 온다.
할아버지는 건강이 좋지 않지만
아직 돌아가시지는 않았다.
심지어 의사는 호전될 거라는 기대를 하고 있었다.
오늘 아침에 전보가 왔다.
너무 기뻤다.
절로 힘이 솟았다.
한 시간 넘게 피아노를 쳤다.
엄마도 기뻐했다.
우리는 여자 노예 때문에 깔깔 웃었다.
그 노예는 얼굴에 커다란 흉터가 생겼다.
보기 흉했다.
하지만 아빠는 신경도 안 쓸 것 같다.
그냥 그럴 것 같다.

22. 끔찍하다

내 생각이 맞았다.

아빠는 그 노예를 쳐다보지도 않았다.

아빠 마음은 다른 곳에 가 있었다.

아빠 말로는 모두 성가신 일이라고 한다.

그런 일들 중의 하나가 바로 나다.

여자 가정교사가 온다고 한다!

내게 외국어도 가르치고,

산수와 지리도 가르칠 거라고 한다.

아빠가 말한다.

넌 벌써 열네 살이야.

이제 슬슬 공부를 해야지.

끔찍하다!

엄마는 웃음을 터뜨렸다.

그리고 이렇게 말한다.

사람은 누구나 배워야 하는 거야.

난 여덟 살 때부터 가정교사가 있었단다.

불쌍한 엄마!

23. 울라

에르다 아줌마한테서 전보가 왔다.

울라를 갖고 싶은지 묻는 전보였다.

우리한테 필요하지 않다면 팔 거라고 한다.

엄마는 마음을 정하지 못했다.

나도 모르겠다.

난 꼬꼬를 그냥 데리고 있고 싶다.

엄마는 생각에 잠겼다.

울라는 비싸지 않다.

할 수 있는 일도 꼬꼬보다 더 많다.

그 노예를 데려 오자, 엄마가 말한다.

그럼 꼬꼬는 어떻게 하고?

천천히 생각하자.

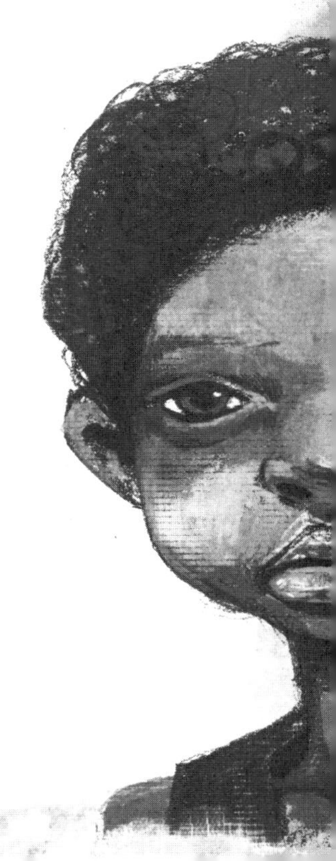

24. 나도 간다!

결정이 났다.

꼬꼬를 팔기로 했다.

뺨에 흉터가 난 노예도 팔 거다.

곧 노예 시장이 열린다.

아빠는 그곳에 갈 거다.

인생 체험을 하기 위해 나도 따라가고 싶다.

하지만 난 가면 안 된단다.

난 아빠를 아주 다정한 눈빛으로 바라본다.

난 말을 잘 듣는 척하고

아주 귀여운 짓도 한다.

와! 나도 가도 된다!

25. 울라가 오면…

울라가 빨리 오면 좋겠다.

그럼 루까스에 대해

모든 걸 알 수 있다!

아직 난….

모르는 게 낫겠다.

난 아직도 가슴이 안 생겼다.

26. 시내 나들이

흉터가 있는 노예와 꼬꼬는
시내에 갈 때 걸어가면 안 된다.
걸어가지 않는 게 좋아, 아빠가 말한다.
기진맥진해 보이면
제값을 받을 수 없어.
잠시 뒤 마차를 준비시켰다.

노예들은 마부 옆자리에 앉아야 한다.
꼬꼬는 블라우스를 입고 아랫도리에 천을 둘렀다.
그렇게 입으니 꼭 계집아이 같다.
흉터가 있는 노예와 꼬꼬는
밧줄로 서로 묶여 있었다.
그래서 도망칠 수 없다.

마부가 마차의 문을 열어 주었다.

먼저 아빠가 마차에 올랐다.

다음에 내가 탔다.

마차가 출발했다.

창문이 조금 열려 있었는데

얼른 닫아야 했다.

붉은 먼지가 마차 안에 흩날려 들어왔기 때문이다.

마차는 작은 방 같았다.

아늑했다!

여자 요리사는 바구니에 맛있는 음식을 담아 줬다.

바구니에는 샌드위치와 작은 케이크가 들어 있었다.

아몬드가 든 봉지도 한 개 있고,

초콜릿도 한 상자 있었다.

아빠는 정말 자상하셨다.

먹을 때마다 아빠는 내게 먼저 맛있는 걸 골라

주었다.

그러고는 맛있냐고 꼭 내게 물었다.

마차는 몇 시간 동안 달린 것 같다.

우리는 시장에 너무 일찍 왔다.

시장은 한산했다.

아빠는 곧바로 노예 상인에게 갔다.

아빠는 우선 흉터가 있는 노예를 놓고 흥정했다.

상인은 그 여자 노예를 머리에서 발끝까지 힐끔힐끔 살폈다.

그리고 노예 주위를 세 번씩 돌았다.

상인은 고개를 절레절레 저었다.

노예가 튼튼하지 못하다는 것이다.

노동력도 안 좋고

얼굴도 못생겼다고 했다.

이번엔 꼬꼬 차례였다.

남자애요, 여자애요?

노예 상인은 꼬꼬의 허리에 두른 천을 살짝 들어올렸다.

아빠와 상인은 미친 듯이 낄낄 웃었다.

우리는 확실히 알 수 있었다.

꼬꼬가 남자애라는 걸.

27. 노예 시장

노예를 판 뒤

아빠는 조금 더 둘러보고 싶어 했다.

노예들은 연단 위에 서 있었다.

바짝바짝 붙은 채.

노예들은 아무도 쳐다보지 않았다.

늙은 노예도 있고, 젊은 노예도 있었다.

어린애들도 꽤 있었다.

그들은 도망칠 수 없었다.

노예들의 다리는

쇠사슬로 묶여 있었다.

상인들은 노예들을 요모조모 꼼꼼히 살피며

이리저리 돌아다녔다.

아빠는 여자 노예들이 있는 곳으로 갔다.

여자 노예들은 조금 뒤쪽,

지붕이 있는 강당에 모여 있었다.

여자 노예들은 고개를 쳐들고

꼼짝도 않고 서 있었다.

마치 우리를 보지 못한다는 듯이.

아이들도 입을 꼭 다물고 서 있었다.

뒤쪽, 구석에

젊은 여자 노예 한 명이 서 있었다.

얼른 눈에 들어왔다.

그 노예는 무지무지 아름다웠다.

얼굴이 너무너무 예뻤다.

피부색은 검지도 희지도 않았다.

그리고 붉은색이 감도는 머리칼은 윤기가 흘렀다.

아빠는 곧바로 그 노예에게 다가갔다.

그러고는 싱긋 웃으며 뭔가 말을 건넸다.

노예는 미소를 짓지 않았다.

아빠는 여자 노예의 엉덩이를 꼬집었다.

노예는 이를 앙다물었다.

하지만 아무 말도 하지 않았다.

아빠는 사랑에 빠진 것 같았다.

난 엄마가 생각났다.

난 아빠의 손을 잡았다.

가요. 아빠, 가요.

집에 안 가요?

아빠는 마치 잠에서 막 깬 듯한 표정을 지었다.

그래, 그래, 마차 타고 돌아가야지, 아빠가 말했다.

잠시 뒤 우리는 마차 안에 앉았다.

아빠는 다시 다정하게 굴었다.

하지만 시장에 갈 때처럼 마차 안이 아늑하지는

않았다.

우리 집이 보이자, 다시 마음이 안정되었다.

28. 언제 올까?

울라가 제발 좀 빨리 왔으면, 하고 바랐다.
엄마가 여자 노예 하나를 주었는데
그 노예는 제대로 하는 게 하나도 없다.
내게 한 번도 제때 갖다 주는 게 없다.
세숫물은 미지근하고,
발 닦는 수건은 깨끗하지 않고,
브러시에는 머리카락이 잔뜩 있고,
은그릇은 닦아놓지도 않았다.
어제는 채찍을 휘둘렀다.
그래도 아무 소용이 없었다.
노예는 신음소리를 내고 비명을 지를 뿐이다.
엄마가 전보를 받았다.
에르다 아줌마가 보낸 것이다.

내일 울라를 보낸다고 한다.

다행이다.

루까스도 함께 올지 모른다.

29. 한 가지 흠

울라가 왔다.

난 기겁을 했다.

울라는 키가 컸다.

얼굴은 말상이고

토끼처럼 놀란 큰 눈을 하고 있었다.

울라는 까칠까칠한 회색 천으로 만든

통이 넓은 원피스를 입고 있었다.

꼭 꿔다 놓은 자루 같았다.

울라는 아픈 사람처럼 보였다.

짜증이 확 일었다.

난 울라에게 당장 일을 하라고 닦달을 했다.

울라는 일을 잘 했지만

느렸다.

동작이 굼뜨고 게으름을 폈다.

미칠 노릇이었다.

난 잔뜩 화가 난 얼굴로 울라를 노려보며 말했다.

빨리 하지 못해.

할 게 많아.

금방 다 해야 한단 말이야.

난 엘리사베트 아줌마가 준 채찍을 들었다.

그러자 울라는 발이 보이지 않을 정도로 빨리 움직였다.

일도 깔끔하게 매듭을 지었다.

엄마는 울라가 내 옆에서 자야 한다고 했다.

내 침대 앞 방바닥에서 말이다.

난 그건 싫다.

만일 울라가 코를 골면 어쩐단 말인가!

꼬꼬는 내 방문 앞 복도에서 잠을 잤다.

그게 훨씬 좋다.

밤이 되면 난 채찍을 내 곁에 두었다.

울라가 코 고는 소리는 듣고 싶지 않다.

30. 말을 잘 듣는 울라

난 가끔씩 울라에 대해 투덜댄다.

하지만 엄마는 그러면 안 된다고 한다.

울라는 순종적이고 다소곳하다.

일도 신속하게 잘 한다.

또한 과묵하다.

거의 눈에 띄지도 않는다.

정 싫다면 팔아 버리면 돼. 네 거잖아.

엄마가 말했다.

31. 충격

그 사실을 제일 먼저 알게 된 사람은 여자 요리사
였다.
요리사는 소리를 지르며 거실로 뛰어왔다.
마님, 마님,
울라가 애를 낳았어요!
엄마는 당황했다.
나도 놀랐는데, 내가 더 심하게 놀란 것 같았다.
배도 부르지 않았는데
어떻게 그럴 수가 있단 말인가?
마님, 정원에서 낳았어요.
보리수 밑에서요.
요리사는 밖을 가리킨다.
엄마는 자리에서 일어섰다.

그러고는 창가로 갔다.

잠시 뒤 엄마는 나를 바라보았다.

그래서 통이 넓은 원피스를 입은 거구나, 엄마가 말했다.

난 무슨 말인지 이해가 갔다.

우리 모두는 밖으로 나갔다.

울라가 보리수 밑에 서 있었다.

그것을 안고 있었다.

울라는 우리한테 다가왔다.

전 아무 문제없어요.

평상시처럼 일할 수 있어요, 마님.

엄마가 물었다.

그럼 새끼는 어떡할 건데? 어떻게 할까?

울라는 고개를 푹 숙였다.

울라는 아무 말도 하지 않았다.

그게 더 엄마의 화를 돋구었다.

엄마는 힘껏 울라의 따귀를 몇 대 갈겼다.

울라는 꼼짝도 하지 않았다.

엄마는 내 손을 잡고 집 안에 들어갔다.

바라보고 있던 노예들은 하던 일로 돌아갔다.

엄마는 거실에 들어오자마자 안락의자에 털썩
앉았다.

요리사가 엄마에게 약을 가져왔다.

냄새를 맡으면 정신이 맑아지는 약이다.

요리사는 마데이라 산 포도주도 한 잔 가져왔다.

곧 괜찮아지실 거예요, 마님.

세상에, 세상에,

어쩜 이런 일이!

잠시 뒤, 난 내 방으로 갔다.

갓 태어난 그것을 찾았다.

하지만 아무 데도 없었다.

난 종을 울렸다. 울라보고 오라는 뜻이다.

울라가 왔다.

울라는 아무 일도 없었다는 듯이 행동했다.

여느 때처럼.

방 정리해, 내가 말했다.

방안은 특별히 정리할 게 없었다.

그런데도 울라는 이렇게 말했다.

네, 아씨.

울라를 때릴까, 하다가 그만뒀다.

32. 그것은 우리 집에서 산다

울라의 그것을 나무상자에 넣어 부엌에 두었다.

울라가 일을 할 때는

요리사가 그것을 봐 준다.

아빠가 그렇게 하라고 했다.

엄마는 반대다.

하지만 엄마는 아무 말도 하지 않았다.

물론 아빠 말이 일리가 있다.

몇 년 뒤엔

그것도 농장에서 일할 수 있어.

농장에는 할 일이 태산처럼 널렸어

어린것들이 할 수 있는 일도 많아.

33. 할아버지가 회복되셨다!

할아버지 건강이 날로 좋아지고 있다.

이제는 조금씩 걷기도 하신다.

그리고 말씀도 하실 수 있다.

물론 쉽지 않다.

그래도 할아버지는 이겨내고 있다.

의사는 흡족해한다.

하루하루 조금씩 나아지실 거라고 한다.

어제는 전보가 왔다.

아빠는 기뻐서 껄껄 웃었다.

아빠는 지하실에서 샴페인을 한 병

가져오라고 했다.

그리고 엄마는 잔칫날처럼 저녁 식사를 차리라고

했다.

난 일찍 잠자리에 들지 않아도 되었다.

엄마, 아빠는 내게도 샴페인을 줬다.

그것도 두 잔이나!

34. 울라의 그것

아줌마들은 좀처럼 믿지 못했다.

아미 아줌마가 말했다.

하지만 에르다, 어떻게 눈치를 못 챌 수가 있어?

에르다 아줌마는 얼굴이 새빨개졌다.

얼굴이 부풀어 오르는 듯했다.

그러다가 질식해 버릴 것만 같았다.

몰랐어. 정말이야. 정말 몰랐다니까.

에르다 아줌마가 말했다.

엘리사베트 아줌마는 그 말을 믿었다.

엘리사베트 아줌마가 말했다.

노예 계집들은 정말 교활하다니까.

그것들은 언제나 사람을 속이려고 든단 말이야.

하지만 내 눈은 못 속이지.

난 안 넘어가거든.

잠시 뒤 화제는 날씨로 바뀌었다.

그런 다음 할머니가 요즘 힘드시다는 말이 나왔다.

할아버지 건강이 많이 좋아지셨기 때문이다.

아미 아줌마가 말했다.

하루 종일 할머니한테 이래라저래라 명령을 하시지 뭐야.

글쎄, 할머니를 노예처럼 부리지 뭐야.

할아버지는 말도 거의 하지 못하셔.

그저 지팡이로 바닥을 내리치시기만 하면 되지.

그러면 할머니가 할아버지한테 가셔야 해.

차를 다 마셨을 때, 울라의 그것이 우는 소리가 들렸다.

누가 자기를 죽이기라도 하는 듯이 울음보를 터뜨렸다.

다행히 곧 조용해졌다.

하지만 엄마는 마음이 편치 않았다.

엄마가 말했다.

계속 저러면….

엘리사베트 아줌마가 말했다.

아, 뭔가 조치를 취해야지.

내가 뱃놀이 갔던 거 생각나지?

노예의 어린것이 시도 때도 없이

앙앙 울어 댔잖아….

도저히 참을 수가 없었지.

난 세 번이나 주의를 줬어.

마침내 내 인내심도 바닥이 났지.

그래서 그것을 잠시, 그것도 아주 잠시 동안

물속에 집어넣었어.

그러니까 그것이 완전히 조용해지더라.

그렇게 하면 확실하지.

아미 아줌마가 고개를 끄덕였다.

여자 노예들은 재난이야. 재난.

엄마는 찻잔을 치우라고 했다.

루까스는 잘 있어?

에르다 아줌마가 말했다.

루까스는 일 년 동안 외국에 있을 거야.

세상 경험을 쌓을 겸해서.

아미 아줌마가 말했다.

잘 생각했지 뭐야. 정말 잘한 일이야.

35. 루까스

참 이상하다.
루까스를 거의 만나지 못하는데도
언제나 루까스 생각을 하고 있으니 말이다.
나를 어떤 눈으로 바라볼지,
내게 무슨 말을 할지를 상상하는 것이다.
며칠 전엔 꿈도 꿨다.
루까스의 목소리도 들었고
루까스의 두 손도 보았다.
난 잠에서 좀처럼 깨어나고 싶지 않았다.
일 년이란 긴 시간이다.
루까스는 작별 인사를 하러 오지 않을 것이다.
기쁘다.
아직 가슴이 나오지 않았으니까.

36. 수수께끼

난 안다.

아기들은 여자 배 안에서 큰다는 걸.

그런데 아기가 어떻게 배 안에 들어간 걸까?

난 그건 모른다.

정확한 건 모른다.

내가 또 이해가 안 되는 것은

애가 어떻게 밖으로 나오냐는 것이다.

물어보기가 좀 그렇다.

엄마는 그런 얘기는 하고 싶어하지 않는다.

37. 하얀피부

울라는 이제 통이 넓은 원피스를 입지 않는다.

대신 치마와 블라우스를 입는다.

블라우스 안에는 커다란 가슴이 있다.

그것들은 거의 툭 튀어나올 것 같다.

젖을 먹여서 그래요, 울라가 말했다.

울라는 내 발톱 손질을 했다.

그다음은 발 마사지를 할 차례였다.

나중에 하면 안 될까요, 아씨?

젖을 먹여야 하거든요.

알았어. 여기서 해.

내가 말했다.

난 한 번 보고 싶었다.

난 작은 소파에 앉고

울라는 방바닥에 앉았다.

울라는 어린것을 무릎에 내려놓은 다음

블라우스 단추를 풀었다.

엄청나게 큰 새까만 가슴이 나왔다.

젖꼭지도 컸다.

젖꼭지는 엷은 갈색이었다.

어린것은 곧바로 젖을 빨기 시작했다.

태어나서 처음 보는 일이었다.

그런데 뭔가 좀 이상했다.

처음에는 왜 그런지 몰랐다.

하지만 불현듯 저절로 알게 되었다.

아이는 까맣지 않았다.

피부가 거의 흰빛에 가깝다고 해야 했다.

그렇다면 애 아버지는 노예가 아닐 것이다.

울라, 아비가 누구야?

내가 쏘아붙였다.

울라는 말이 없었다.

입을 단단히 다물고 있었다.

내가 말했다.

알아야 되겠어. 당장 말해!

울라가 울먹이며 외쳤다.

안 돼요. 말 못 해요.

못 해?

울라는 고개를 숙였다.

어린것과 머리가 맞닿을 정도였다.

내가 말했다.

날 똑바로 봐. 애 아비가 누구야?

울라는 울음을 터뜨렸다.

울라는 애원하는 눈빛으로 날 올려다봤다.

내가 으름장을 놨다.

말하지 않으면 그것을 갖다 버릴 거야.

울라가 소스라치며 외쳤다.

저, 아씨, 아씨,

우리 아기는 안 돼요!

네 게 아니잖아.

그것은 내 거야.

난 뭐든지 내 맘대로 할 수 있어.

네가 말하지 않으면

이걸 딴 사람한테 줘 버릴 거야.

아니면 팔아 버리든가.

울라는 말을 하지 않을 수 없었다.

울라의 입술이 파르르 떨렸다.

울라가 우물거렸다.

루까스 도련님이에요.

아이 아버지는 루까스 도련님이에요, 아씨.

순간 세상이 빙글빙글 소용돌이쳤다.

난 입을 떡 벌린 채 서 있었다.

그랬던 것 같다.

내가 얼마나 바보 같아 보이는지 알 것 같았다.

꺼져! 당장 꺼져!

내가 말했다.

38. 나쁜 루까스

루까스는 두 번 다시 보고 싶지 않다.
나쁜 놈 같으니! 사기꾼!
나를 그렇게 다정한 눈길로 바라보더니
노예랑 애를 낳다니.
모욕감에 치를 떨었다.
아무한테도 그 얘기를 하고 싶지 않았다.
하지만 혼자 가슴속에 담아 둘 수 없어
엄마한테 털어놓았다.
엄마는 엄마 방에서 뜨개질을 하고 있었다.
엄마는 잘못된 일은 없다는 듯이
뜨개질만 계속 했다.
뜨개바늘이 위아래로
올라갔다 내려갔다 했다.

엄마가 말했다.

그게 인생이란다.

마리아, 똑바로 앉아.

여자애들한테는 나쁜 자세만큼

안 좋은 건 없단다.

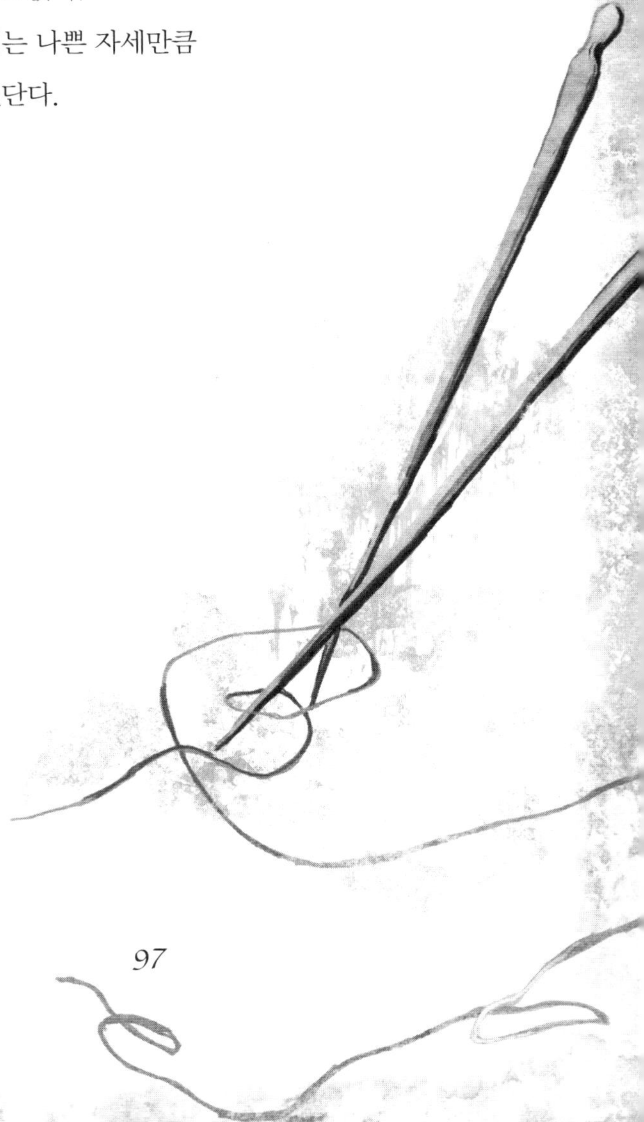

39. 기대

이상하게 들릴지 모르겠지만

루까스 생각이 더는 나지 않았다.

내일 흐로인잉끄 양이 오기 때문이다.

나를 가르칠 가정교사 말이다.

아빠가 방금 말해 줬다.

그 가정교사는 아미 아줌마의 육촌이다.

그 사람은 가난하다.

돈도 없고 노예도 없다.

자기 집도 없다.

그래서 돈을 벌어야 한다.

난 지금까지 가정교사가 없었다.

재미있을 것 같다.

전적으로 새로운 일이 펼쳐질 테니까.

40. 결심

흐로인잉끄 양은 아주 나이가 많다.

마흔 살이다!

하지만 친절하다.

우리는 오전 내내 공부를 했다.

흐로인잉끄 양은 아주 만족해했다.

엄마가 말했다.

흐로인잉끄 양하고 몇 년 공부한 다음에

좋은 기숙사 학교에 보내줄게.

스위스에 있는 기숙사 학교 말이야.

난 스위스가 어디 있는지 모른다.

하지만 뭐 상관없다.

난 여행을 하며

모든 걸 체험해 볼 생각이다.

인생은 얼마나 멋진가!

옮긴이의 말

마리아의 부모는 마리아가 열네 살이 되자, 생일 파티를 성대하게 열어 준다. 마리아는 멋진 선물을 많이 받는다. 그러나 제일 놀라운 선물은 어린 노예 소년 꼬꼬다. 마리아만의 노예가 처음 생긴 것이다. 마리아는 19세기, 네덜란드의 식민지였던 네덜란드령 가이아나-오늘날 남아메리카의 수리남이다-에서 대규모 커피 농장을 경영하는 부유한 농장주의 외동딸이다.

마리아의 집과 농장에는 아프리카에서 끌려 온 흑인 노예들이 일을 한다. 마리아는 또래 친구도 없이 집에서 엄마와 같이 지내거나 정원에 나가거나 매주 방문하는 아주머니들과 함께하며 하루하루를 보낸다. 마리아는 집안에서 일어나는 일과 자신의 느낌과 생각, 노예들에 대한 이야기를 일기를 쓰듯 기록하고 있다. 독자는 마리아의 눈을 통해 당시의 노예 소유자들과 노예들의 생활상을 알

수 있다. 마리아는 처음 선물 받은 노예 소년에게 만족하지만, 이내 팔아 버리기로 마음먹는다. 꼬꼬는 재미가 없고 눈빛도 멍청하기 때문이다. 수요일마다 오는 아주머니들과 엄마의 대화에는 종종 노예 이야기가 등장한다. 그들에게 노예는 물건이나 재산과 같은 소유물에 불과하다. 그들은 노예가 마음에 안 들거나 말을 안 들으면 가차 없이 때리고, 필요 없으면 누구에게 주거나 팔아 버린다. 마리아의 아버지는 아름답고 젊은 여자 노예를 성적 노리개로 삼았다.

농장에서 성장한 마리아는 이들 어른들과 크게 다르지 않다. 마리아는 노예들의 검은 피부를 보고 자신의 피부가 무척 하얗고 예쁘다는 사실을 발견하고 우월감을 느끼며, 또래의 어린 노예를 봐도 아무런 느낌이 없다. 쇠사슬에 묶여 노예 시장에 팔려 나온 어린 노예들은 돈으로 사고 팔 수 있는 상품에 불과하다고 생각한다. 마리아와 마리아의 엄마는 노예가 채찍을 맞고 비명을 질러도 맛있게 식사를 한다.

이 작품 어디에서도 노예제도의 문제점을 지적하는 긍정적인 인물을 찾아볼 수 없다. 마리아의 부모, 조부모와 아주머니들 그리고 마리아는 인권을 유린당하고 가혹 행위를 당하는 노예들에 대해 일말의 동정심도 느끼지 못한다. 마리아는 자신 또한 어른들과 마찬가지로 노예들을 경멸하고, 때에 따라 그들을 잔혹하게 다루기도 하고, 그들에 대해 인종적 우월감을 느낀다는 사실을 의식하지 못한다. 마리아는 '악녀' 란 별칭에 반발하겠지만, 결국 마리아가 자신의 무지 때문에 벌인 일들은 악행과 다름없다. 물론 마리아의 이러한 문제점을 지적해 주는 인물은 작품이 끝날 때까지 등장하지 않는다. 마리아에게 노예란 자신에게 당연히 주어진 어떤 것일지도 모른다. 마리아의 관심은 어서 빨리 가슴이 생겨 여성이 되는 것 그리고 사촌 오빠인 루까스와 결혼을 하는 것이다.

간결하게 내면 독백 형식으로 쓰인 이 작품은 마치 산문시를 읽는 듯한 인상을 준다. 마리아의 입장에서 전개되는 이야기들은, 하지만 독자의 공감을 얻기는 힘들다. 저자는 왜 그렇게 작품을 썼을까? 1928년 네덜란드에서 태어난 작가는 동료 작가로부터 함께 수리남을 방문하자는 제안을 받는다. 1863년 7월 1일 노예제도가 폐지된 수리남에서 작가는 19세기의 모습이 그대로 남아 있는 한 농장을 방문하게 된다. 노예제도 덕분에 부유해진 나라에서 태어나 성장한 그는 수리남에서 혹사당했던 노예들에게 빚진 마음이 든다. 농장에 대한 이야기를 책으로 집필하려고 하지만, 그는 그 일에 착수하지 못한다. 하지만 그는 결국 작품을 완성한다. "역사란 우리가 잊지 않고 기억해야만" 하는 것이고, "우리가 어디에서 왔는지, 그리고 어디로 가고 있는지를 가르쳐 주기" 때문이다.

이 작품이 노예제도를 다룬 여타의 작품들처럼 비판적으로 씌어졌고, 이 작품에 약자를 보호하고 옹호해 주는 인물이 등장한다면 어땠을까? 독자에게 미치는 효과는 사뭇 달랐을 것이다. 독자는 마리아의 생각과 느낌을 접하면서 경악하게 된다. 어린이라면 '동심' 이 있을 것이라고 막연히 생각하고 있던 이라면 더욱더 그러할 것이다. 양심의 가책이라든가 동정심이라든가 성찰이라고는 조금도 없이 사는 마리아의 모습이 부각되면서 이 작품은 독자에게 일종의 충격 요법을 선사한다. 이 작품은 독자에게 요구한다. 마리아의 가족과 그들의 농장을, 수리남의 옛 농장을, 당시 존재했던 모든 농장을, 노예제도를 다시금 생각하도록. "중요한 역사적인 주제를 전적으로 새로운 문학적 형식으로 다룬" 이 작품은 독일청소년문학상을 수상했다.